AF321274

RÉPONSES

AU

QUESTIONNAIRE

DU JURY DE LA CLASSE 64 — EAUX MINÉRALES

M. le Docteur BROUARDEL, Président.

LES RICHESSES HYDROLOGIQUES

DU

DÉPARTEMENT DES LANDES

A L'EXPOSITION UNIVERSELLE INTERNATIONALE

EXPOSITION DE LA SOCIÉTÉ

DES

THERMES DE DAX

PARIS 1889

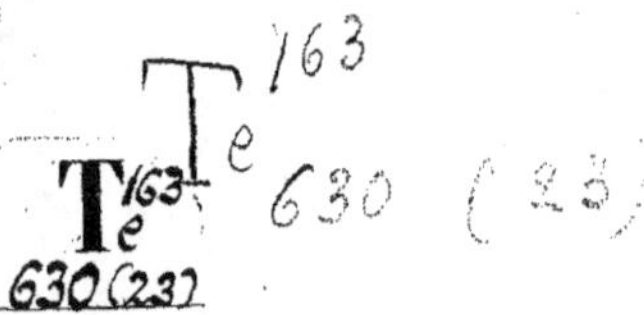

QUESTIONNAIRE

1°. Nom et prénoms ou raison sociale de l'Exposant :

Société anonyme des Grands Thermes de Dax.

2° Domicile :

Siège d'exploitation : Dax (Landes). — Siège social : Place Longchamps, 5, Bordeaux.

3° Noms des sources exposées, tels qu'ils figurent sur l'autorisation accordée par l'administration sur avis de l'Académie de médecine, avec la température et le débit. — Date du début du fonctionnement de l'entreprise :

Sources du Bastion et de Sainte-Marguerite (même origine) autorisées par l'Administration sur l'avis de l'Académie de Médecine en 1873.

Température, 59° 8/10. Débit, 500,000 litres par 24 heures.

Anciens bains de l'**Hospice** et de l'**État** au siècle précédent. Désignés de tout temps sous le nom de *Sources du quartier Bibi ;* remplacés de 1865 à 1870 par l'Etablissement actuel « les **Grands Thermes de Dax**, » édifiés sur les terrains et les sources *communales* par les soins d'une société locale; achevé par MM. les Docteurs Paul Delmas et Lucien Larauza, en 1870 ; autorisée par l'Académie de Médecine en 1873 et mis en Société en 1877.

Service Municipal pour les indigents ouvert en 1871. — **Succursale des Thermes,** 2ᵉ classe, inaugurée en 1878. — **Hospice Thermal annexe,** fondé en 1888.

4° Commune. — Département où jaillissent les sources :

Dax (Landes).

5° *Étages géologiques dans le pays et nature particulière des terrains d'émergence :*

A. Étages géologiques dans le pays.

Terrain crétacé, tertiaires et quaternaires avec de nombreux épanchements ophitiques — accompagnés de puissants gisements gypso-salifères.

B. Nature particulière des terrains d'émergence.

Les eaux thermales de Dax émergent du crétacé (Dolomies) ; elles traversent les alluvions de l'Adour et s'épanchent à la surface du sol où elles sont captées pour l'usage médical. (Voir la coupe géologique dressée par les soins de M. Thore pour l'Exposition de la ville.)

6° *Date et Description du dernier captage :*

Captage exécuté en 1865, par M. Sanguinet, architecte de la Ville, au moyen d'un cylindre construit en briques et ciment et descendu jusqu'au griffon qui se trouve à 5^m37 au-dessous de l'étiage de l'Adour. Au-dessus, un grand réservoir a été construit et par la force *ascensionnelle* de la source, les eaux remontent à 7^m05 de hauteur. Ce réservoir est situé au centre et sous le sol même de l'Établissement.

7° *Résultats qu'il a donné au point de vue de la température ; du débit ; de la teneur minérale :*

RÉSULTATS DU CAPTAGE

	AVANT	APRÈS
Débit............	21.000 litres	500.000 litres
Température.....	de 36° à 46° c.	59° 8/10
Teneur minérale .	Inconnue.	1 gr. 02221.

(Voir l'analyse de M. Hector Serres).

8ⁿ *Description des conduites depuis l'émergence jusqu'aux réservoirs et aux appareils balnéaires. — Leur nature. — Leur diamètre. — Leur longueur — Leur marche. — Température des eaux à la sortie des appareils :*

De leur point de captage, les deux sources Sainte-Marguerite et du Bastion sont amenées par des tuyaux monolithes en ciment de 0.20 et de 0.30 centimètres de diamètre à 60 mètres de distance, aux appareils élévatoires et de là aux divers bassins d'alimentation.

Ces conduits ont une pente minime pour que l'eau y coule constamment à pleins tuyaux à l'abri du contact de l'air.

Nombre des appareils élévatoires : Deux machines, deux chaudières et six pompes.

Débit des appareils élévatoires : 40,000 litres à l'heure.

Des bassins de réception (qui sont au nombre de six) les uns en pierre, les autres métalliques, les eaux sont amenées jusqu'aux appareils divers par 4 conduites principales en fonte, dont 2 de 0.15 cent. de diamètre et 2 de 0.10 cent. de diamètre.

En ce point, une série de 45 robinets-vannes en bronze commande chaque groupe d'appareils installés dans chaque salle balnéaire par une tuyauterie en plomb dont les diamètres varient de trente à soixante-dix millimètres.

Longueur totale des conduites en fonte : 220 mètres.

Longueur totale des conduites en plomb : 3,600 mètres.

Dans leur parcours des bassins de captage jusqu'au machines élévatoires, les sources perdent à peine *un degré*. De ce point aux appareils, la perte est de *trois degrés*. Perte totale, *quatre degrés* pour un parcours moyen de 120 mètres.

Les Grands Thermes possèdent en outre une prise d'eau à la Fontaine chaude (propriété de la Ville), d'un débit équivalent à 120,000 litres par 24 heures. Elle leur est amenée par une conduite de 215 mètres de longueur. Cette conduite est en cuivre de 0.15 cent. de diamètre, renfermée dans un tube en ciment de 0.20 cent. de diamètre.

L'eau arrive par sa pente naturelle et à plein tuyau jusqu'aux piscines à boues des Thermes qu'elle alimente nuit et jour, et aux baignoires et piscines minérales particulières ; ce qui permet d'administrer des bains à *eau courante*.

La perte de température dans tout le parcours est équivalente à 4° degrés centigrades.

Un thermomètre placé à demeure dans la conduite à son arrivée aux Thermes, permet de le constater aisément.

9° *Les diverses analyses officielles avec leur dates :*

Analyse de M. Hector Serres publiée en 1871. Confirmée par l'Académie de Médecine
    en 1873.

Gaz spontanés :

Oxygène..	0cc 35
Acide carbonique	1 62
Azote	98 03
TOTAL...................	100cc »

Gaz en solution dans un litre d'eau :

Acide carbonique	5cc 90
Oxygène	3 40
Azote	11 40
TOTAL...................	20cc 70

Eau... 1 litre.	
Sulfate de chaux...	0gr 35921
— de magnésie.....................................	0 16893
— de soude	0 04306
— de potasse......................................	traces.
Chlorure de sodium	0 30077
Carbonate de chaux	0 09151
— de magnésie	0 01558
— de fer	traces.
— de manganèse...................................	traces.
Silicate de chaux..	0 04318
Iode	}
Brome..	} traces.
Matières organiques.......................................	}
TOTAL...................	1gr 02224 (*)

10° *Boues (Minérales ou confervoïdes), Dépôts Travertins et Concrétions. —
Incrustations. — Stalactites. — Stalagmites. — Leur nature. —
Leur formation :*

Les boues végéto-minérales et thermales de Dax, très-différentes des autres n'ont d'ana-
logues que celles de Préchacq, dans les Landes. Elles sont formées de limon
argileux de l'Adour et d'oscillaria major dans les conditions suivantes :

Lors de ses débordements, le fleuve dépose son limon sur les sources thermales au sein
desquelles vit l'oscillaire.

Celle-ci, pour se constituer et se nourrir, absorbe l'acide carbonique qui tient les
carbonates en solution, lesquels, rendus par ce fait insolubles, se précipitent. Par-
venue ensuite à son dernier degré d'accroissement, l'oscillaire se décompose et
provoque, en agissant sur les sulfates, la production de tel ou tel sulfure, notamment du sulfure de fer auquel les boues doivent leur couleur noirâtre.

(*) Le produit de l'évaporation de 1,000 litres de cette eau figure dans les vitrines en des
flacons numérotés dans les deux expositions de la Société des Thermes de Dax.

Guyot-Dannecy, pharmacien en chef des Hôpitaux de Bordeaux, a analysé les boues de Dax en 1873 Le professeur Filhol en a fait une nouvelle beaucoup plus complète en 1883. Nous donnons cette dernière.

Cent parties de boues desséchées à la température de 120° ont donné :

Sable siliceux	21 gr 471
Argile	46 727
Sulfure ferreux	4 915
Sesquioxyde de fer	6 100
Carbonate de chaux	1 800
— de magnésie	0 032
Sulfure de cuivre	0 028
Matière organique	18 902
Antimoine	
Bromure de sodium	
Fluorure de sodium	
Iodure de sodium	
Carbonate de manganèse	traces.
— de lithine	
— de baryte	
— de strontiane	
Chlorure de sodium	0 002
Sulfate de potasse	traces.
— de soude	0 001
— de chaux	0 022
Phosphate de chaux	traces.

11° *Administration des eaux. — La boisson. — L'usage balnéaire. — Emploi : A la température de la source ; Mélangées ou chauffées ; — Mode du mélange et du chauffage. — Description des salles où ont lieu les applications thérapeutiques des appareils employés :*

Usage interne : Boisson (de 1 à 7 verres). Action laxative ou diurétique suivant la dose.

Usage externe : Bains simples à eau courante, piscines à température variée et à eau courante (formule de Loëche); douches générales, locales et pulvérisées.

Emploi : Souvent presque à la température de la source rendue aux appareils, et plus rarement mélangées avec l'eau minérale refroidie.

Chauffage inutile.

Toutes les baignoires. les piscines particulières et la salle de pulvérisation. sont en marbre. Le grand bassin de natation, les piscines à boues et les services des indigents sont en ciment, et tous les appareils balnéaires sont en cuivre et bronze.

Toutes les salles sont voûtées ; tous les parements cimentés et peints.

Une température uniforme règne en toute saison dans les galeries balnéaires, au centre desquelles se trouve la source du Bastion. (Voir pour la distribution intérieure et les dispositions architecturales, les plans exposés.)

Les galeries supérieures sur lesquelles donnent les appartements constituent un *sanatorium thermal* pour les malades de la saison d'hiver.

*12" Nombre : de cabines, de bains généraux et locaux (de pieds, de siège, etc.),
de bains avec douches variées....., — de salles d'hydrothérapie, —
d'aspiration, — de humage, — d'inhalation, — de pulvérisation —
communes ou isolées. — Détails sur la construction intérieure et les
précautions prises contre la propagation des maladies transmissibles :*

L'Installation balnéo-thérapeutique des Grands Thermes, placée à l'étage inférieur de
l'Établissement, comprend des galeries de 200 mètres sur lesquelles viennent
s'ouvrir 65 cabines renfermant :

26 Baignoires en marbre (pour bains d'eaux minérales et d'eaux-mères).

20 Piscines à boues, avec bains ou douches consécutifs.

3 Bains de caisse à vapeur térébenthinés.

4 Douches de vapeur.

6 Douches minérales en jet et en pluie, à pression modérée (hydrothérapique thermale).

5 Douches locales (ascendantes, vaginales, périnéales, bains de siège).

2 Lits de sudation en marbre, construits sur la voûte de la source.

4 Lits pour applications locales de boues.

1 Salle d'hydrothérapie, aux proportions monumentales, pourvue de tous les
appareils les plus récents et d'une piscine froide.

3 Grandes piscines à eau courante, dites piscines de famille avec douches obliques et
verticales.

1 Vaste bassin de natation, à eau courante, dont la température varie à volonté entre
34 et 16 degrés centigrades.

2 Étuves construites sur la voûte du bassin de captage de la source du Bastion, avec
douche en jet et en pluie.

1 Salle de humage des vapeurs de la source.

1 Salle de pulvérisation, munie d'appareils variés (douches pharyngiennes, laryn-
giennes, bains de pied à eau courante et douches locales).

1 Cabinet d'électricité.

Deux services complets et isolés pour les indigents.

Installation balnéaire spéciale pour l'administration des Eaux-Mères des Salines de Dax.

13° *Développement de la station :*

A. *Constructions diverses dues à l'Exposant dans la station depuis* 1878
    (Constructions thermales, Casino, Hôtels, etc...)

B. *Constructions diverses faites dans la station depuis* 1878 *par les habitants*
    (Hôtels, Villas, etc...)

En 1878. Création de la Succursale des Grands Thermes, service de 2me classe.

En 1888. Construction de l'Hospice Thermal-Annexe pour le traitement des Enfants
assistés, atteints de scrofules, par les Eaux-Mères des salines de Dax (Voir le
rapport du 30 mars 1889 à la Commission des hospices et hôpitaux de Bordeaux,
par M. le Dr Piéchaud, professeur agrégé à la Faculté de médecine et chirurgien
de l'Hospice des enfants.)

14° *Nombre des étrangers et des malades venus à la station chaque année*
    depuis 1878 :

Le nombre de malades et des personnes les accompagnant aux Grands Thermes de Dax
s'élève annuellement à 1233 (chiffre moyen de 1878 à 1888). Le nombre des
séances balnéaires s'élève annuellement, en moyenne, à 17.229.

15° *Embouteillage des Eaux. — Marche de l'Eau minérale de la Source à*
    l'embouteillage. — Procédés de mise en bouteilles. — Améliorations
    apportées par l'Exposant :

Rien de spécial à signaler au point de vue de l'embouteillage.

16° *Nombre de bouteilles exportées chaque année depuis* 10 *ans. En France,*
    à l'Étranger ; principaux débouchés :

Cette partie de l'exploitation est encore à ses débuts.

17° *Nombre des ouvriers actuellement employés à titre permanent toute l'année,*
    et à titre auxiliaire pendant la saison thermale :

Le service médical des Thermes est confié à MM. les docteurs Barthe de Sandfort et
Albert Larauza. Le personnel attaché d'une façon permanente à l'Etablissement
se compose de trente personnes des deux sexes.

L'Etablissement fonctionnant toute l'année ne comporte pas de personnel auxiliaire.

18° *Indication des monographies, mémoires, brochures, cartes, plans, etc., exposés :*

1871 Drs Paul Delmas et Lucien Larauza 1" *Notice sur les Thermes de Dax.*

1872 » 2" *Etude comparative sur les stations des boues minérales françaises et allemandes.*

1872 » 3° *Dax. — Ses eaux. — Ses boues* (Société d'Hydrologie).

1874 Dr Salles-Girons............. *Revue médicale française et étrangère* (déembre 1875). Lettre à M. le professeur Bouillaud sur le grand Etablissement de Dax comme station d'hiver, curative pour les maladies de la poitrine et du larynx.

1876 Dr Garreau (de Laval)..... *Journal humoristique d'un médecin phthisique* : Du choix d'une station hivernale : Dax — Pau — Alger (Masson, éd).

1877 Dr A. Fauconneau-Dufresne *Dax-médical.*

1877 Hector Serres, Drs Delmas, Larauza, Gigot-Suard, Pery, Vergely, Le Bret, Macario, Cazaux .... *Titres médicaux des Thermes de Dax.*

1878 Hector Serres, Drs Delmas et Larauza................... *Les richesses hydrologiques du département des Landes à l'Exposition universelle de 1878.*

1883 Dr Barthe de Sandfort..... *Les Thermes de Dax devant le corps médical.*

1885 » *De l'Illutation partielle* (applications locales de boues aux Thermes de Dax).

1885 » *Dax pittoresque et thermal.*

1886 » *Clinique générale des Thermes de Dax* (Congrès de Biarritz).

1887 » *Des bains de boues chez les rhumatisants cardiopathes.*

1888 Dr Albert Larauza............ *Du traitement des affections chroniques de l'organe utérin par les eaux et boues de Dax.*

1889 » *Du traitement de la névralgie sciatique par les eaux et boues de Dax* (Annales de la Société d'hydrologie)

1889 *Les Thermes de Dax et ses collaborateurs* : Les richesses hydrologiques du département des Landes à l'Exposition universelle de 1889.

1889 » *Les Grands Thermes de Dax,* station climatérique et thermale.

Quatre plans des Thermes, représentant :

1° Le plan de l'installation balnéaire et la coupe verticale du puits de captage de la source principale du Bastion ;

2° La coupe en travers de l'Etablissement ;

3° La façade principale ;

4° Plan et coupe de son Hospice thermal annexe.

Le plan de la ville de Dax en 1887, avec les vues de ses établissements thermaux, des points d'affleurement de ses sources et des gisements de ses boues minérales.

La carte géologique et hydrologique de la région dacquoise.

La carte climatérique du sud-ouest hivernal faisant ressortir la position de Dax au milieu d'un triangle dont les sommets sont occupés par les stations hivernales de : Arcachon, Pau, Biarritz et donnant les moyennes de températures des quatre stations. Dax occupe le rang le plus élevé sous ce rapport.

Le schema de l'analyse fondamentale des eaux, des boues minérales et de la flore thermale de Dax.

Un tableau représentant les degrés d'accroissement de l'Anabaina Thermalis, de Secondat, du 2ᵉ au 22ᵉ jour.

Des vues photographiques intérieures et extérieures des Grands Thermes et de leurs annexes (*Succursale et Hospice Thermal*).

Un album reproduisant en photographie les vues les plus importantes des Grands Thermes.

19° *Récompenses obtenues par la source aux expositions universelles antérieures :*

Médailles d'Argent à l'Exposition Universelle Internationale de Paris en 1878. Depuis lors, des Diplômes d'honneur, Médailles d'Or et de Vermeil ont été obtenues aux Expositions de Bordeaux (1882), Toulouse (1884), Liverpool (1886).

20" *Quels sont les travaux d'assainissement entrepris depuis dix ans dans la ville et dans la station, notamment en ce qui concerne l'évacuation des immondices et des matières usées. — A l'intérieur de l'Établissement thermal, quels sont les installations sanitaires réalisées :*

Appareils de chauffage et de ventilation perfectionnés.

Installation spéciale pour l'emploi des Eaux-Mères des Salines de Dax dans le traitement de la scrofulose.

21° *Prix de vente en gros et en détail :*

Prix des Bains, douches, etc.

Grand service. 1re Classe : Prix, de un à deux francs, suivant la nature de la séance balnéaire.

Succursale. 2me Classe : Prix de la séance, de 50 centimes à un franc.

Service Municipal des Indigents et de l'Hospice Thermal annexe (3me Classe). Gratuité.

Prix de base de la pension pour les personnes séjournant dans le *Sanatorium* des Thermes.

Saison d'été : Huit francs.

Saison d'hiver : Dix francs.

Prix de journée pour les Enfants assistés : Deux francs cinquante centimes.

Source du Bastion. Vente en gros : 0.30 centimes la bouteille.
   » au détail : 0.50 »   »

22" *Remarques particulières :*

La Société des Thermes de Dax, outre son Exposition particulière, a fait figurer dans une deuxième exposition l'ensemble des richesses hydrologiques de tout le département des Landes. Dans l'impossibilité de répondre à toutes les questions posées, la Société des Thermes a rédigé, avec le concours de ses collaborateurs, la note incluse qu'elle a l'honneur d'offrir à MM. les Membres du Jury de la classe 64. Dans cette note se trouvent tous les renseignements qu'elle a pu se procurer indépendamment de ceux concernant son Établissement Thermal reproduits ci-dessus et ceux fournis par la Ville sur les autres Établissements thermaux.

La création des Grands Thermes de Dax et les efforts scientifiques couronnés d'un plein succès pour faire connaître la valeur exceptionnelle de Dax comme *station d'hiver* très-heureusement placée au milieu du triangle hivernal du Sud-Ouest, *sont un des faits les plus importants de ces vingt dernières années* dans l'histoire même du Sud-Ouest médical.

Pau *hivernal* fut créé il y a quarante ans environ.

Vingt ans après, de célèbres financiers de la Cie des Chemins de fer du Midi fondèrent à *Arcachon* la *ville d'hiver*, et quelques années plus tard les *Thermes de Dax* ont été créés. Leur aménagement spécial, en vue du traitement des maladies des voies respiratoires pour la saison d'hiver a été signalé, et enfin il a été démontré, par l'étude de ses ressources hydrologiques et des qualités de son climat, que *Dax* constituait désormais, à bon droit, un station *unique* en Europe pour le traitement des affections arthritiques *en toute saison*.

Docteur Paul DELMAS,

Président de la Société des Thermes de Dax

Bordeaux. — Imp. R. COUSSAU & F. COUSTALAT, rue Gouvion, 20.